·CAMP·

Dieses Buch gehört:

....

Impressum

1. Auflage, 2021
Autorin & Verlegerin: Nadin Voß
Geschichtenzauberei, Kranichweg 12, 15299 Müllrose
Cover, Layout, Satz & Illustrationen:
Sandra Rodenkirchen – pünktchen Text- und Grafikatelier
Lektorat: Katharina Platz – Textgenau
Druck & Bindung: Christian Theiss GmbH,
Am Gewerbepark 14, St. A-9431 St. Stefan im Lavanttal
Printed in Austria

ISBN 978-3-9818842-6-5

www.geschichtenzauberei.com

Zipfel und Mütze

im Feriencamp

von Nadin Voß
mit Bildern von
Sandra Rodenkirchen

Tipp!
Dieses Buch enthält
Ausmalbilder und darf
gerne bunt werden!

„YIPPIEEEE, SOMMERFERIEN!"

Zipfel, das freche Eichhörnchen,

und Mütze, der kleine Waschbär,

freuen sich riesig auf das Zeltlager.

Die Reisetaschen stehen bereit.

Zipfel hat in ihrer Aufregung

viel zu viel eingepackt.

„Boah, Zipfel, was hast du denn

alles dabei? Da ist wohl dein

ganzer Schrank drin",

ruft Mütze

staunend.

Mama Waschbär lässt den Motor an

und fährt die Kinder in ihrem alten

klapprigen VW-Bus zum Camp.

Sie werden ordentlich durchgeschüttelt.
Mama Waschbär singt laut und in
schiefen Tönen ein lustiges Lied:

„Die Kinder rasen durch den Wald,
dass es an allen Ecken schallt.
Wer hat die Flagge nicht bewacht?
Wo ist die Flagge hin?
Wo ist die Flagge hin?
Wer hat die Flagge wohl geklaut?“

Das Lied von Mama Waschbär passt zur Melodie:
„Die Affen rasen durch den Wald!“

Die Zelte stehen rings um den

Lagerfeuerplatz.

Zipfel schleift ihren viel zu schweren

Rucksack über den Boden.

Sie stolpert über die

Zeltschnüre.

Der Rucksack platzt auf

und ihre Sachen

fliegen in alle

Richtungen.

Pepe Hase und die Mäusekinder Lana und Igor schauen sie erstaunt an. Sie können nicht fassen, was sie alles dabeihat. Alle müssen fürchterlich lachen.

Toni Wildschwein tänzelt elegant herbei. Heute hat er seine Hufe grün lackiert. Seine Borsten sind wie immer perfekt in Form.

„Ui, das ist aber ein schönes Tuch. Kann ich mir das ausborgen?“, fragt Toni.

„Ja, klar. Ich weiß gar nicht, warum ich das mitgenommen habe!“, antwortet Zipfel.

„Danke. Das passt perfekt zu meinen Hufen“, freut sich Toni.

Er sammelt ein paar Halstücher auf, reicht sie Zipfel und tänzelt fröhlich singend zu seinem Zelt.

Dann versammeln sich alle Waldkinder am Lagerfeuerplatz.

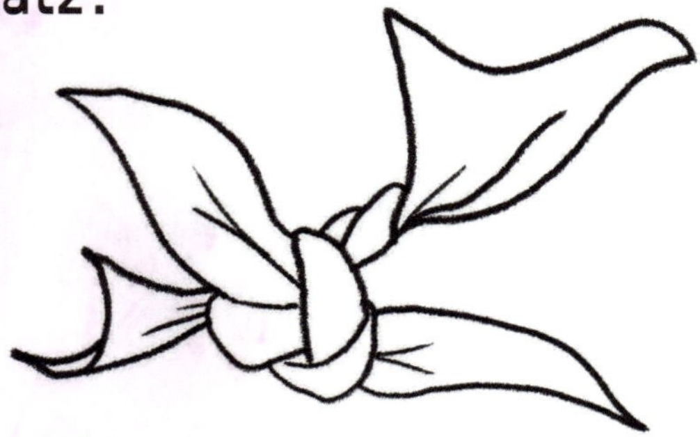

Herr Eule ruft alle mit seinem schrill jaulenden Schrei herbei:

„Uhuhuhuuuuu.

Ich heiße euch herzlich willkommen in unserem Waldcamp. Dieses Camp liegt mitten im Revier der wilden Schratis. Jahr für Jahr kommen diese alten Waldgeister aus ihren Verstecken, um unsere Flagge zu stehlen. Wenn ihnen das gelingt, führen sie ihren Siegestanz auf. Damit beschwören sie einen Sturm herauf. Dieser Sturm ist so heftig. Er wird das Zeltlager für immer wegpusten.

Deshalb müssen wir unsere Flagge bewachen. Die Schratis werden sicher versuchen, sie zu erobern."

Herr Eule und die Kinder treten dicht zusammen. Sie legen ihre Pfoten im Kreis aufeinander.

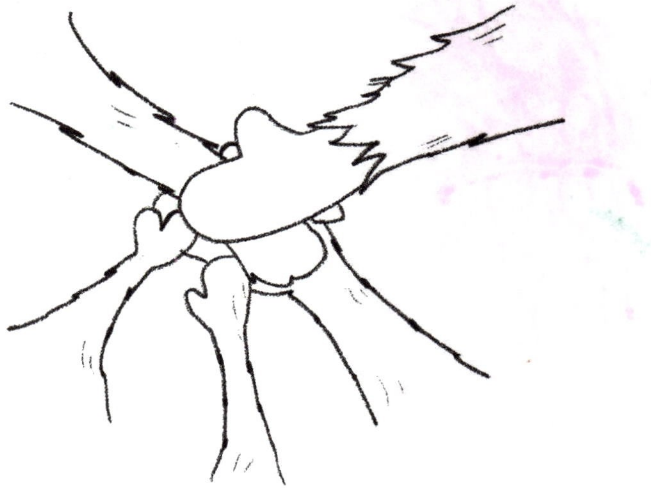

„Wir sind EIN Team. Gegen uns haben die Schratis keine Chance.“ Sie reißen die Pfoten in die Luft und jubeln.

„Nun aber erstmal ab in den See und kühlt euch ab“, ruft Herr Eule.

Toni bleibt lieber am Ufer.

So werden seine frisch frisierten Borsten nicht nass.

Er feilt seine Hufe und beobachtet die anderen von seinem gemütlichen Schattenplatz aus.

„Na, du Angsthase, kannst wohl nicht schwimmen, was?“, ruft Ralf Rabauke, der eingebildete Rabe aus der 5c, Toni zu. Zipfel hört das: „Hey, du eingebildeter Gockel.

Lass Toni in Ruhe, sonst bekommst du es mit uns zu tun.“

„Ach ihr Winzlinge, werdet ihr erstmal trocken hinter den Ohren. Dann sprechen wir uns wieder“, winkt Ralf ab und stolziert in seinen brandneuen roten Badeschlappen zur Liegewiese.

Herr Eule pfeift:

„Alle aus dem Wasser. Heute Abend machen wir ein großes Lagerfeuer. Für das Stockbrot benötigt jeder einen langen, geraden Stock."

Zipfel und Mütze schauen ihre Freunde verwundert an.

„Woher sollen wir die denn nehmen?“,
ruft Zipfel.
„Wir sind doch keine Tischler.“
Toni strahlt über beide Ohren.
„Ich kann uns erschnüffeln, wo
wir im Wald die besten Stöcke finden.
Das ist genau mein Ding.
Ich brauche nämlich immer welche
für meinen Karate-Unterricht.“
„Unser Toni ist der Beste“,
jubeln Zipfel und Mütze.

Pepe Hase übernimmt die Wache der Flagge. Toni geht voran und schnüffelt.

„Schnüff, schnüff, schnüff."

Die Freunde folgen ihm kichernd.

„Ist das aufregend", sagt Zipfel und freut sich. Sie springt lustig um die Bäume herum und erschreckt ihre Freunde: „Buh!"

Sie laufen immer tiefer und tiefer in den Wald hinein.

Mütze japst:

„Toni, wie weit ist das noch?

Führst du uns bis zum Nordpol?“

„Ach Mütze, wir sind gerade mal

zehn Minuten unterwegs.

Ein wenig Sport tut deinem

Keksbauch doch mal ganz gut.

Wir sind schon da.“

Auf einer Lichtung finden sie jede Menge langer, gerader Stöcke.

Zur Sicherheit nehmen sie gleich ein paar mehr mit.

Sie haben ziemlich getrödelt. Es wird schon langsam dunkel.

Überall knackt und knistert es.

Die Blätter über ihnen rascheln.

Die Baumkronen formen sich im Mondschein zu unheimlichen Riesen.

„Es ist schon so dunkel, ich kann gar nicht mehr richtig sehen, wo wir langlaufen“, flüstert Mütze zitternd und rückt dichter an Zipfel heran.

„Mütze, drängel nicht so! Keine Sorge. Zum Glück habe ich meine Grubenlampe dabei.“

Plötzlich bewegt sich vor ihnen ein dicker Baumstamm.

Er ist voller Moos. An seinem oberen Ende stehen kleine Zweige zu Berge:

„Huhuuuuu, huhuuu."

Die Waldkinder bekommen einen mächtigen Schreck.

Der seltsame Baumstamm rast an ihnen vorbei. Pepe kommt aufgeregt hinterher gehoppelt.

„Hilfe, Hilfe, ein Überfall. Warum steht ihr da wie angewurzelt? Die Schratis haben unsere Flagge geklaut“, kreischt er.

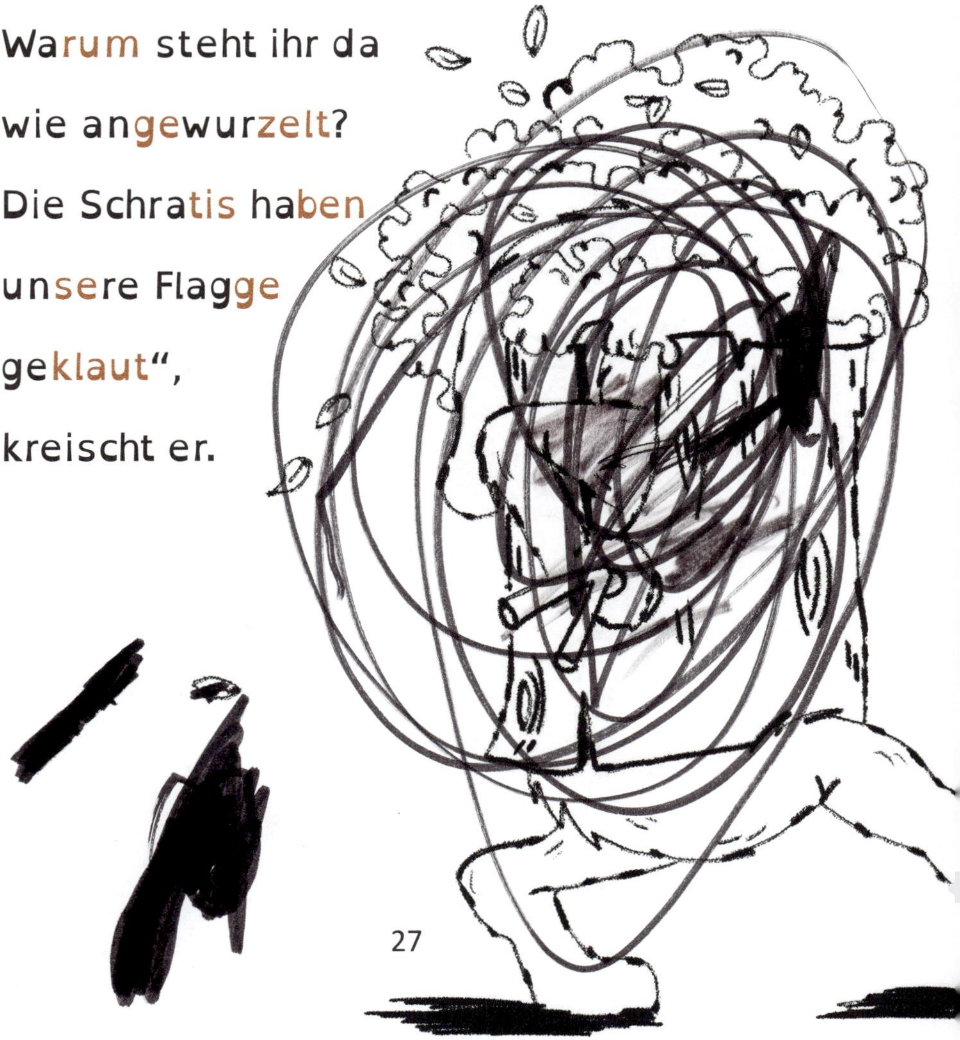

„Hinterher!“, ruft Zipfel mutig.

„Die entkommen uns nicht!“

Entschlossen rennen die Freunde den Waldgeistern hinterher. Sie bilden einen Kreis und zingeln die Schratis ein.

Ralf Rabauke schlottern die Knie.

„S…s…sie sind zu zweit und riesig

groß“, stottert er ängstlich.

„Denen werden wir es zeigen“, ruft Toni furchtlos.
Sie richten ihre langen Stöcke auf die Schratis. Toni führt seinen eleganten Hüftschwung vor. Die Schratis sind verwirrt. Der eine stolpert. Mit einem geschickten Karategriff hält Toni ihn fest.

„Der andere Schrati
will flüchten. Los Ralf,
hilf Zipfel und Mütze.
Ich pack das schon.“
Mit lautem Gebrüll laufen Zipfel, Mütze,
Lana und Igor dem Dieb hinterher.
Mütze hechelt angestrengt.
Zipfel verliert ständig Nüsse aus dem
Vorrat in ihren Taschen.

Ralf sammelt sie im Flug
auf und bewirft den
Schrati damit.

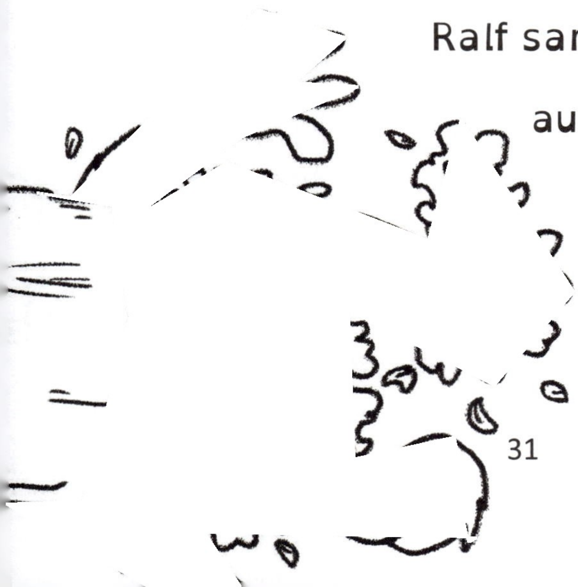

Schließlich rutscht der Schrati auf einer Nuss aus und landet auf seinem Po. Zipfel und Mütze stürzen sich auf ihn.

Pepe schnappt sich die Flagge und hüpft auf und ab:

„Yeah, niemand klaut ungestraft unsere Flagge!“

Da fangen die Schratis an, laut zu lachen.

„Das Lachen kenne ich doch!“,
ruft Ralf erbost.
Er zieht einem der Schratis den Hut
aus Moos und Stöcken vom Kopf.
„Mama!“, ruft Ralf Rabauke erstaunt.

„Papa?“, fragt Pepe Hase verwundert.
Alle müssen fürchterlich lachen:
„Du warst der rasende Baumstamm,
Papa?“, ruft Pepe und lacht.

Ralf hat sich vor seiner eigenen Mama so erschreckt.
Das ist ihm ziemlich peinlich.
Er entschuldigt sich sogar bei Toni.

Mützes Bauch knurrt ganz laut.

„Ich weiß ja nicht, wie es euch geht.

Aber ich habe einen

Waschbääääären-Hunger."

Mütze reibt sich den Bauch.

Mama Rabe holt den vorbereiteten Teig.
Zipfel bringt jede Menge leckere Sachen
aus ihrem Vorrat im Zelt herbei.
An langen Stöcken grillen sie Stockbrot
über dem Lagerfeuer. Papa Hase spielt
auf seiner Gitarre dazu.

Fröhlich singen sie:

„Die Kinder rasen durch den Wald,
dass es an allen Ecken schallt.

Wer hat die Flagge nicht bewacht?
Wo ist die Flagge hin?
Wo ist die Flagge hin?
Wer hat die Flagge wohl geklaut?“

ENDE
CAMP

Knuspriges Stockbrot

Dafür brauchst du:

400 g Mehl
1 Pck. Trockenhefe
2 Tl. Salz
1/2 Tl Zucker
3 Tl Olivenöl
230 ml lauwarmes Wasser

Alles zusammen in eine Rührschüssel geben. Dann gut durchkneten und mindestens 1/2 Stunde an einem warmen Ort stehen lassen.

So geht es:

Teig in mehrere Teile zerteilen, zu einer länglichen Rolle formen und um den obersten Teil des Stocks wickeln. Nun das Ende des Stocks mit dem Teig über das Lagerfeuer halten und immer wieder leicht drehen, bis es von allen Seiten knusprig braun gebacken ist.

Tipp: Wenn es schnell gehen soll, kannst du auch tiefgekühltes Laugengebäck aus dem Supermarkt auf einem Backpapier auftauen lassen und als Stockbrotteig um die Stöcke wickeln.

Wald-Wissensquiz:

Kreuze an, was zutrifft:

☐ A) Meinen Müll entsorge ich nur in dafür vorgesehenen Behältern.

☐ B) Ich beschädige keine Pflanzen.

☐ C) Wenn ich ein Reh sehe, laufe ich hin und streichle es.

☐ D) Ich halte Abstand zu Waldtieren und lasse sie in Ruhe.

☐ E) Feuer lege ich dort, wo das meiste Holz liegt.

☐ F) Feuer mache ich nur zusammen mit einem Erwachsenen und nur an festen Feuerplätzen außerhalb des Waldes.

Lösung: A, B, D, F

Didaktische Anmerkungen

Titel: Zipfel und Mütze im Feriencamp
Leser: Für Mädchen und Jungen ab 6 Jahren
Lesbarkeit: Einfach. Eine Geschichte für Erstleser mit Ausmalbildern
Textumfang: 1.220 Wörter

Die Geschichte wurde speziell für Leseanfänger und leseschwache Kinder konzipiert. Der Text weist eine einfache Lesbarkeit auf und ermöglicht es dem Kind, schwierige Wörter durch Wiederholung einzuüben. Der Text wird durch Illustrationen und Ausmalbilder aufgelockert, so dass er auch für Kinder geeignet ist, die noch Probleme haben, sich beim Lesen über einen längeren Zeitraum zu konzentrieren. Die eingefärbten Silben dienen als Unterstützung und erleichtern das Entschlüsseln von langen/ komplexen Wörtern. Die größere Schrift und die weiten Zeilenabstände erleichtern es den jungen Lesern, sich den Text zu erschließen.
Die verwendete Schriftart heißt **„OpenDyslexic".** Diese Schriftart wurde für Leser mit Legasthenie entwickelt, eignet sich deshalb aber auch besonders gut für Erstleser.

Verwendeter Schriftfont: http://opendyslexic.org/

*„Sehr gute Lesbarkeit und optimal geeignet für Erstleser*innen und leseschwache Kinder."*
Frau C. Adler, Ergotherapeutin

Silbenschreibweise,
Ausmalbilder,
Rezept und Quiz!

„Perfekt konzipiert für Erstleser!"
Silvia M., Lesepatin

Nadin Voß

Die **Autorin** möchte mit ihren Geschichten ein Strahlen in Kinderaugen zaubern und gleichzeitig die Freude am Lesen wecken. Das Blättern in alten Fotoalben und die Vorfreude auf den nächsten Sommer ließen die Ideen für Band Vier der Zipfel-und-Mütze-Abenteuer blitzschnell aufs Papier purzeln.

Für jede Jahreszeit ein Abenteuer:
www.geschichtenzauberei.com

Sandra Rodenkirchen

Die **Illustratorin** und Mutter von zwei Kindern lebt mit ihrer Familie auf einem kleinen idyllischen Hof im Münsterland. Das Zeichnen der Illustrationen für dieses Sommerabenteuer mit Zipfel, Mütze und ihren Freunden machte nicht nur besonders viel Spaß, sondern auch Lust aufs Zelten mit der Familie, Lagerfeuer und Stockbrot.

www.puenktchen-tuga.de

Entdecke die ganze Erstlese-Reihe von Zipfel und Mütze:

www.geschichtenzauberei.com

Frühjahr

„Zipfel und Mütze –
Der falsche Osterhase“
ISBN: 978-3-9818842-4-1

Sommer

„Zipfel und Mütze
im Feriencamp“
ISBN: 978-3-9818842-6-5

Herbst

„Zipfel und Mütze
im Geisterwald“
ISBN: 978-3-9818842-5-8

Winter

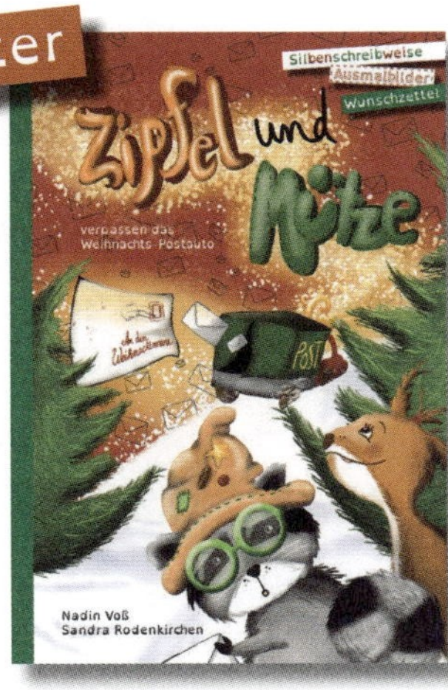

„Zipfel und Mütze verpassen
das Weihnachts-Postauto“
ISBN: 978-3-9818842-3-4

Silbenschreibweise,
Ausmalbilder

·CAMP·
·CAMP·
·CAMP·
·CAMP·
·CAMP·
·CAMP·
·CAMP·
·CAMP·
·CAMP·
·CAMP·